Título del original alemán: Der Bote des Königs
Traducido por L. Rodríguez López

© 2013 Aladin Verlag Hamburg Germany
www.aladin-verlag.de
Este libro ha sido negociado a través de Ute Körner Literary Agent, Barcelona
www.uklitag.com
© para España y el español: Lóguez Ediciones 2015
Todos los derechos reservados
Printed in Spain
ISBN: 978-84-942733-1-5
Depósito legal: S.54-2015
www.loguezediciones.es

Jutta Bauer

El mensajero del rey

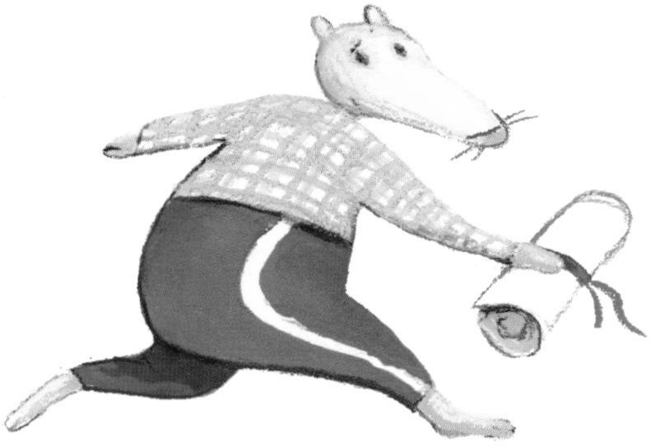

Lóguez

El reino

Un día, mi rey me hizo llamar y me ordenó
llevar un importante mensaje al rey vecino.
Por encima de las colinas, a lo largo del río y,
a continuación, todo recto en dirección oeste.

Me entregó el pergamino
con el mensaje y
al instante eché a correr.

Sin embargo, tuve que detenerme detrás de la colina.

Necesité un rato
hasta conseguir
acomodar al padre ardilla
antes de poder continuar
mi camino.

Caminé río arriba durante varios días.
Y me encontré con un pequeño, triste animalillo.

Rápido, corrí de nuevo río abajo. Había
visto algo en el agua. Después, corrí de regreso.
El pequeño animalillo se puso muy contento.

Estaba anocheciendo
y encontré a
una madre muy agotada
en una pradera.

Tenía que hacer un recado, me dijo, y me preguntó
si podría cuidar a sus hijos mientras tanto.

Regresó después de una semana. Se celebró una comida de bienvenida. Pero yo tenía que seguir y me despedí de los pequeños.

Caminé día y noche y avanzaba bien.
El bosque se volvió más tupido y oscuro. Pero yo
no tenía miedo alguno.

Al día siguiente, en el camino, un animal muy viejo caminaba delante de mí. Le ofrecí mi brazo y le acompañé un rato. Caminaba demasiado lento.

Al otro día, le dije que me gustaría
seguir caminando solo y me despedí.

Una hermosa mañana, divisé el castillo vecino
sobre una montaña. Pasado mañana estaré allí,
me alegré.

Pero, al anochecer, decidí
tomar otro camino.

El otro camino era terriblemente largo
y la noche terriblemente oscura
y terriblemente fría.

En algún momento, mis fuerzas me abandonaron. Por suerte, pasó una marmota que me llevó hasta su casa.

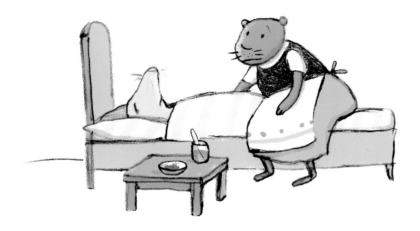

Transcurrió un tiempo hasta que pude
ponerme en pie de nuevo. Juntos,
fuimos en busca del pergamino
y lo encontramos lejos, en lo alto
de la montaña. Alma, la marmota,
estuvo muy cariñosa.

Me quedé algo más.

Pero tuve que continuar. Poco antes del castillo
del rey vecino, comí el bocadillo de miel de Alma.
Después llamé. En realidad, tenía el mismo aspecto que
el nuestro. Sólo que había más flores en el jardín.

Me llevaron ante el rey. Ciertamente, todos los castillos del mundo tienen las mismas alfombras.
Estaba preocupado por no saber si el desconocido rey me recibiría amablemente.

¡Qué sorprendido estuve al encontrarme ante MI rey!

Deseó que le informara detalladamente de todo.
Fue una larga tarde.
"¡Ah, al diablo con el mensaje!",
exclamó el rey en un
determinado momento
en mitad de la noche.

Más tarde, me permitió construir una casita en el parque
del castillo para estar cerca de él por si acaso
tenía que solucionarle algo. Pero eso nunca sucedió.

El padre ardilla y su familia vinieron algunas veces a visitarme.